# Le petit éléph TÊTU

*Pour Annette Houdebine,*
*avec toute mon amitié.*
*A. I.-L.*

*Pour Léna, Louison et Garance.*
*V. G.*

Un conte d'Afrique collecté
et adapté par Albena Ivanovitch-Lair

illustré par Vanessa Gautier

## Père Castor ▪ Flammarion

© Flammarion 2007 – Imprimé en France
ISBN : 978-2-0812-0044-9 – ISSN : 1768-2061

Il était une fois un tout jeune éléphant
qui vivait en Afrique.
Il était têtu et aimait n'en faire qu'à sa tête.
Un jour toute la famille éléphant décida
de faire une longue promenade
dans la brousse.

– En route ! annonça le papa éléphant.
– Je ne veux pas aller me promener !
répondit le petit éléphant.
– Nous sommes tous prêts, viens avec nous !
lui dit sa maman.

Le petit éléphant secoua la tête :
– Non et non, j'ai pas envie.
– Allez viens, arrête de bouder !
insistèrent son frère et sa sœur.

– NON, NON ET NON, je veux rester ici !!!
– Eh bien, dit papa éléphant,
puisque c'est comme ça,
nous partirons sans toi.

Et toute la famille éléphant partit, les parents devant, les enfants derrière.
Confortablement installé à l'ombre d'un grand acacia,
le petit éléphant les entendit s'éloigner dans la chaleur du matin.

« Je suis bien content de rester ici, se dit-il.
J'ai horreur de marcher des heures sous le soleil. »

Le temps passa.
Le petit éléphant commença à s'ennuyer
et à regretter de ne pas avoir suivi sa famille.
« Ils m'ont tous abandonné, gémit-il.
Ils auraient pu m'attendre !
Puisque c'est comme ça,
je ne veux plus être un éléphant... »

Il se roula dans l'herbe,
les quatre pattes en l'air,
en poussant des cris de fureur,
pour imiter les petits lionceaux
qu'il avait vus la veille dans la grande prairie.

Une gazelle arriva en sautillant sur ses longues pattes fines.
En voyant l'éléphanteau, elle prit peur et se mit à courir,
en faisant des grands sauts élégants.
« Ah, voilà une bonne idée ! »
se dit le petit éléphant.
Et il commença à sauter pour imiter la gracieuse gazelle.

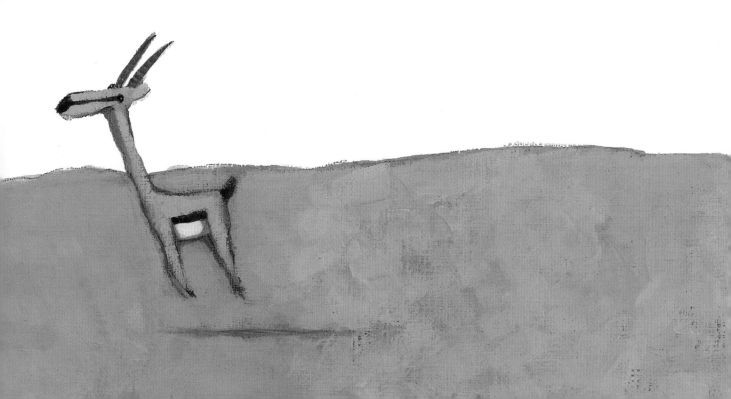

Mais il s'emmêla la trompe et les pattes,
et s'arrêta tout essoufflé.

« Oh, ce n'est pas amusant d'être une gazelle,
c'est même fatigant ! » se dit-il,
en secouant ses grandes oreilles pour se rafraîchir.

Tout à coup, l'œil du petit éléphant
fut attiré par un lézard vert
qui glissait lentement le long d'une liane.
« Tiens, c'est une idée, se dit le petit éléphant,
je vais faire du toboggan comme lui ! »

Aussitôt, il attrapa une grosse liane avec sa trompe
mais sous son poids
celle-ci se rompit comme un brin d'herbe.
Et le petit éléphant se retrouva par terre la trompe dans la poussière.
« Oh, ce n'est pas du tout amusant d'être un lézard ! »
se dit-il, en se frottant le derrière.

Le petit éléphant entendit le cri des singes
qui se poursuivaient dans la clairière.
« Quelle bonne idée ! se dit-il. Je vais jouer à cache-cache comme eux ! »
Et il se précipita pour les rejoindre.
En une minute, les singes l'avaient encerclé de tous les côtés.
Ils lui tiraient la queue et les oreilles,
ils glissaient sur sa trompe, ils montaient sur son dos.

Mais le petit éléphant ne put en attraper aucun.
« Je ne veux pas être un singe ! se dit-il.
Ils sont vraiment trop bruyants ! »

Et il se sauva en se bouchant les oreilles
pour ne plus entendre leurs rires moqueurs.

Un perroquet au plumage multicolore
passa dans la lumière du soleil.
– Je veux faire comme toi !
s'écria le petit éléphant. Apprends-moi à voler !
– Rien de plus facile ! répondit le perroquet.
Et il montra à son nouvel ami
comment voler de branche en branche.
– À ton tour, maintenant !

Le petit éléphant fit un saut,
puis un autre et encore un autre.

Mais pour tout résultat, il se tordit deux pattes
et retomba dans l'herbe la tête la première.
– Ne t'inquiète pas, suis-moi ! dit le perroquet.
Je vais te montrer l'endroit où prendre ton envol.

Le perroquet s'envola jusqu'au sommet d'une petite colline.
Le petit éléphant le suivit péniblement en boitillant.
– Fais comme moi, élance-toi, conseilla le perroquet.

Et l'oiseau descendit en planant
vers la rivière qui coulait en bas.

Le petit éléphant respira profondément,
prit son élan et sauta dans le vide
en lançant ses pattes devant lui.

Heureusement la rivière était peu profonde.
Le petit éléphant atterrit
dans la boue sans trop se faire de mal.

Il remonta furieux sur la rive, le poil mouillé
et avec une énorme bosse qui grossissait sur son front.

C'est alors qu'il entendit un bruit derrière lui.

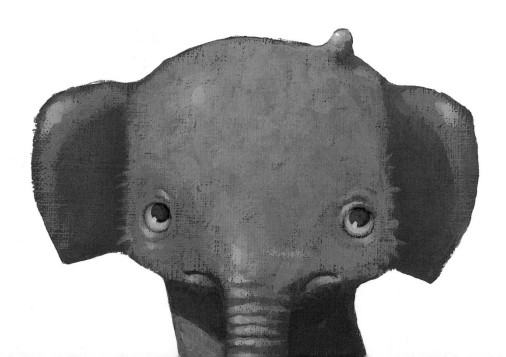

Le petit éléphant se retourna
et aperçut toute sa famille
qui buvait un peu plus loin dans la rivière.
Ses parents le regardaient avec étonnement.
Son frère et sa sœur se cachaient
derrière leur trompe pour rire.

Le petit éléphant baissa la tête et s'approcha d'eux.
– S'il vous plaît, dit-il d'une toute petite voix,
est-ce que je peux me promener avec vous ?
– Bien sûr, mon garçon, lui dit son papa.
– Viens marcher près de moi, lui dit sa maman.

Après s'être tous rafraîchis dans la rivière,
parents et enfants se remirent en route.
Et c'est ainsi que la famille éléphant
au grand complet continua sa promenade.
Le petit éléphant marchait devant tout heureux.

Imprimé par Pollina, Luçon, France - L65097 – 06 - 2013 – Dépôt légal : mars 2007
Éditions Flammarion (N° L.01EJDN000120.C009), 87, quai Panhard-et-Levassor – 75647 Paris Cedex 13